MW01713753

Steve Barlow est né à Crewe, au Royaume-Uni. Il a été tour à tour enseignant, acteur, régisseur et marionnettiste, en Angleterre et au Botswana, en Afrique. Il a rencontré Steve Skidmore dans une école de Nottingham. Rapidement, les deux Steve ont commencé à écrire à quatre mains. Steve Barlow vit maintenant à Somerset. Il aime faire de la voile sur son bateau qui s'appelle le *Which Way* (*De quel côté?* en français), car Steve n'a habituellement aucune idée de sa destination lorsqu'il part en mer.

Steve Skidmore est plus petit et moins poilu que Steve Barlow. Après avoir réussi quelques examens, il a fréquenté l'université de Nottingham, où il a passé le plus clair de son temps à faire du sport et à exercer divers emplois d'été, certains épiques, comme celui où il devait compter des croûtes à tarte (vraiment!). Il a enseigné l'art dramatique, l'anglais et le cinéma, avant de faire équipe avec Steve Barlow et de se consacrer uniquement à l'écriture.

Ensemble, les deux Steve ont écrit plus de 150 livres, dont la série *Mad Myths*.

L'ILLUSTRATRICE

Sonia Leong vit à Cambridge, au Royaume-Uni. Membre des Sweatdrop Studios, cette véritable vedette des artistes du manga a remporté tant de prix qu'il serait impossible de tous les énumérer ici. Son premier roman illustré s'intitule *Manga Shakespeare : Romeo and Juliet*.

Vis d'autres aventures de héros!

Déjà parus :

Alerte dans l'espace
La caverne de la Gorgone
Le chasseur de dragons
Le château des ténèbres
Défaite ou gloire
Mission : Espion
Le trésor des pirates
Unité spéciale

C'EST MOI LE HÉROS

Unité spéciale

Steve Barlow et Steve Skidmore

Illustrations de Sonia Leong

Texte français d'Hélène Pilotto

Éditions SCHOLASTIC

Catalogage avant publication de Bibliothèque et Archives Canada
Barlow, Steve
[Strike force. Français]
Unité spéciale / Steve Barlow, Steve Skidmore ; Sonia Leong, illustratrice ;
Hélène Pilotto, traductrice.
(C'est moi le héros)
Traduction de : Strike force.
ISBN 978-1-4431-3871-0 (couverture souple)
I. Skidmore, Steve, 1960-, auteur II. Leong, Sonia, illustrateur
III. Pilotto, Hélène, traducteur IV. Titre. V. Titre: Strike force. Français.
VI. Collection: Barlow, Steve. C'est moi le héros.

PZ23.B3678Uni 2014 j823'.914 C2014-904639-1

Conception graphique de la couverture : Jonathan Hair

Édition publiée par les Éditions Scholastic, 604, rue King Ouest, Toronto (Ontario) M5V 1E1 avec la permission de Hachette Children's Books.

5 4 3 2 1 Imprimé au Canada 121 14 15 16 17 18

FSC
www.fsc.org
MIXTE
Papier issu de sources responsables
FSC® C004071

Ton destin est entre tes mains...

Ce livre n'est pas un livre comme les autres, car c'est *toi* le héros de l'histoire. Tu devras prendre des décisions qui influenceront le déroulement de l'aventure. À toi de faire les bons choix!

Le livre est fait de courtes sections numérotées. À la fin de la plupart d'entre elles, tu auras un choix à faire, ce qui t'amènera à une autre section. Certaines décisions te permettront de poursuivre l'aventure avec succès, mais sois attentif... car un seul mauvais choix peut t'être fatal!

Si tu échoues, recommence l'aventure au début et tâche d'apprendre de tes erreurs. Pour t'aider à faire les bons choix, coche les options que tu choisis au fil de ta lecture.

Si tu fais les bons choix, tu réussiras.

Sois un héros... pas un zéro!

Tu appartiens à l'Unité spéciale, une escouade affectée aux opérations délicates. Tu as participé à de nombreuses missions dangereuses partout dans le monde. L'armée ne fait appel aux agents de l'Unité spéciale qu'en dernier recours. Tu dois cependant te tenir prêt à intervenir en tout temps.

Expert en arts martiaux et en maniement des armes, tu possèdes une longue expérience au sein de l'escouade et tu parles plusieurs langues. Un matin, alors que tu t'entraînes dans la salle d'exercice de la base, tu vois un soldat venir vers toi et te saluer.

— Némésis désire vous voir sur-le-champ, déclare-t-il. C'est un code noir.

Tu remercies le soldat et te diriges aussitôt vers le centre d'opérations de l'Unité spéciale, un lieu ultrasecret. Némésis est le nom de code de ton patron et un code noir signifie qu'il s'agit d'une mission de la plus haute importance. Quelle que soit la tâche qui t'attend, tu sais qu'elle sera très périlleuse. Quand tu arrives dans le centre des opérations, tu es conduit à la salle de réunion sécurisée. Un garde t'ouvre la porte. Tu entres dans la pièce. Ton patron t'y attend, assis à un bureau.

— Nous avons une situation très délicate sur les bras, lâche Némésis, et nous voulons que vous vous en chargiez.

Va au numéro 1.

1

Némésis t'adresse un regard sombre.

— Il n'y a pas une minute à perdre alors, écoutez bien, déclare-t-il. Victor Lokos, le président de l'Amazonia, un État de l'Amérique du Sud, est actuellement en visite officielle en Grande-Bretagne. Son gouvernement nous a fourni une aide précieuse en luttant contre le commerce de la drogue dans son pays.

Tu approuves d'un signe de tête et dis :

— J'étais en mission là-bas l'an dernier dans le cadre de l'opération Verdure. Cette mission a été difficile. Nous avons failli perdre plusieurs agents en raison des mauvais renseignements fournis par Manos, notre contact. Mon équipe a dû travailler fort pour réparer son erreur. Nous avons réussi à localiser et à détruire une usine de fabrication de drogue cachée dans la forêt amazonienne et à arrêter plusieurs membres du gang. Mais Manos ne nous a pas été très utile.

1

Le ton de Némésis se durcit.

— L'opération Verdure n'a pas plu aux barons de la drogue. Ils ont juré de se venger et tout laisse croire qu'ils vont tenir parole. J'ai besoin de vous pour prendre ce code noir en main. Cela signifie toutefois que vous devrez travailler de nouveau avec Manos. Je ne vous demanderais pas une telle chose en temps normal, mais l'heure est grave.

Tu réfléchis longuement. D'une part, Manos a failli faire rater l'opération Verdure. D'autre part, cette mission semble vraiment d'une importance majeure.

Si tu refuses de travailler de nouveau avec Manos, va au numéro 35.

Si tu acceptes de faire équipe avec lui, va au numéro 12.

2

— Nous devons immobiliser la fourgonnette, annonces-tu à Manos.

— Comment allons-nous faire? demande-t-il.

Tu dois agir rapidement.

Si tu veux utiliser l'hélicoptère pour forcer la fourgonnette à quitter la route, va au numéro 44.

Si tu préfères essayer de sauter sur le toit de la fourgonnette, va au numéro 19.

Si tu choisis plutôt de tirer sur ses pneus, va au numéro 41.

3

Tu appuies à fond sur l'accélérateur et files à toute allure sur les routes de campagne. Les pneus du VUS crissent dans les virages et le véhicule manque d'emboutir les voitures venant en sens inverse.

Le téléphone satellite sonne de nouveau. C'est encore Némésis.

— Il est trop tard, lâche-t-il. Ils ont enlevé la fille. Le président est furieux. Il refuse que vous participiez de près ou de loin à l'opération de sauvetage de sa petite-fille. J'envoie une autre équipe. Rentrez à la base.

Tu as échoué. Si tu veux recommencer la mission, va au numéro 1.

4

Tu balances la mitrailleuse par-dessus ton épaule et te places au bord de la porte.

— Descente de dix mètres… maintenant! lances-tu à Manos.

Ton compagnon relâche le frein du treuil et tu te jettes en arrière. Tu fais une chute de dix mètres, puis la corde se tend. Tu pends maintenant au-dessus du toit de la fourgonnette, qui roule à vive allure. En regardant au loin, tu remarques des pylônes électriques. Des lignes électriques traversent la route. Si tu ne fais rien, tu les heurteras de plein fouet dans moins de trente secondes. Tu dois agir sur-le-champ!

Si tu veux que Manos te fasse remonter immédiatement, va au numéro 20.

Si tu choisis de tirer sur la fourgonnette, va au numéro 26.

Si tu préfères essayer de fixer le dispositif de pistage magnétique au toit de la fourgonnette, va au numéro 36.

5

Voyant la fourgonnette foncer droit sur l'hélicoptère, tu cries au pilote de remonter.

Il s'exécute juste à temps. Le toit de la fourgonnette frôle le train d'atterrissage de l'hélicoptère au passage.

— Ne perdez pas la fourgonnette de vue, ordonnes-tu au pilote.

Une course-poursuite s'amorce aussitôt entre les deux véhicules.

Si tu veux tenter de sauter sur le toit de la fourgonnette, va au numéro 19.

Si tu choisis plutôt de tirer sur ses pneus, va au numéro 41.

6

— Comment as-tu appris tout cela? demandes-tu à Manos.

— J'ai un informateur au sein du gang, répond-il. Son nom de code est Puma. Il m'a dit qu'une tentative d'enlèvement se produira très bientôt.

— Peut-on se fier à ces renseignements? demandes-tu encore.

— Puma a toute ma confiance. Je mettrais ma vie entre ses mains.

— Ce n'est peut-être pas ta vie qui est en jeu, réponds-tu, mais la mienne.

Va au numéro 18.

7

Suspendu au bout de la corde, tu vises la fourgonnette, mais tu rates ta cible.

Les lignes électriques sont maintenant tout près. Tu fais signe à Manos de te faire remonter à bord de l'hélicoptère.

Va au numéro 17.

8

Tu ordonnes au pilote de l'hélicoptère de ralentir.

Au bout d'un certain temps, vous arrivez à l'école et l'appareil se pose. Les autres militaires dépêchés sur les lieux sont déjà sur place, mais eux aussi sont arrivés trop tard. De nombreux policiers ont péri sous les balles des ravisseurs, qui se sont enfuis avec la fille. Tu communiques avec Némésis et lui décris la scène. Il est furieux.

— Vous avez perdu du temps! Quel genre d'agent êtes-vous donc? Ne vous donnez pas la peine de rentrer à la base : vous ne faites plus partie de l'Unité spéciale, espèce de lâche!

Quelqu'un d'autre devra trouver la petite-fille du président et la sauver.

Si tu veux reprendre la mission depuis le début, va au numéro 1.

9

— Manos a raison, dis-tu. Nous devrions utiliser l'hélicoptère de l'Unité spéciale. Il est déjà équipé d'armes et de matériel spécialisé et il peut décoller dans un délai de cinq minutes.

Némésis approuve d'un hochement de tête.

— Très bien, dit-il. Mettez le cap sur l'école et ramenez-nous la fille avant que les malfaiteurs ne parviennent jusqu'à elle. Rappelez-vous la consigne de ce code noir : ne revenez pas sans elle. Compris? Bonne chance.

Va au numéro 46.

10

La fourgonnette roule à toute vitesse sur les routes de campagne. Le pilote de l'hélicoptère fait de son mieux, mais il a de plus en plus de mal à la suivre. Il va bientôt la perdre de vue.

Si tu veux utiliser l'hélicoptère pour forcer la fourgonnette à quitter la route, va au numéro 44.

Si tu préfères essayer d'atteindre le toit de la fourgonnette, va au numéro 19.

11

— Continuez de suivre la fourgonnette, mais discrètement, expliques-tu au pilote. Restez à bonne distance. Nous voulons leur faire croire qu'ils nous ont semés.

À l'aide du dispositif de pistage, vous suivez le véhicule. Quand il s'immobilise enfin, l'hélicoptère décrit un grand cercle avant de s'approcher. La fourgonnette est garée dans la cour d'un bâtiment industriel désaffecté, tout près d'un entrepôt. Tu communiques votre position à la base de l'Unité spéciale. Némésis t'informe que d'autres unités sont en route et devraient vous rejoindre d'ici trente minutes.

— C'est trop long, commentes-tu. Les ravisseurs sont agités. Ils pourraient abattre la fille et tenter de prendre la fuite. Nous devons entrer dans le bâtiment et les surprendre.

Si tu veux atterrir et commencer les recherches à pied, va au numéro 33.

Si tu préfères fouiller l'entrepôt à l'aide du détecteur infrarouge thermique, va au numéro 37.

12

Tu comprends que tu dois te fier au jugement de Némésis.

— Si vous dites que la situation est grave, j'accepte de travailler avec lui.

— Merci, fait ton patron en esquissant un sourire.

Il appuie sur le bouton de l'interphone et demande qu'on fasse entrer Manos. La porte s'ouvre et l'homme pénètre dans la pièce.

— Vous avez déjà fait connaissance, dit Némésis.

Tu lances un regard noir à Manos, qui avance vers toi la main tendue.

Si tu acceptes de lui serrer la main, va au numéro 25.
Si tu préfères ignorer sa politesse, va au numéro 43.

13

Avant même de pouvoir brandir ton arme et tirer, tu vois une arme pointée sur toi.

Des balles fusent dans ta direction. Une grande douleur transperce ton corps et, peu après, l'obscurité t'enveloppe. Ta négligence t'a coûté la vie.

Si tu veux reprendre la mission depuis le début, va au numéro 1.

14

Pendant que le pilote survole la fourgonnette, tu vois les ravisseurs pousser la jeune fille à l'intérieur et s'enfuir. Tu presses le pilote de poursuivre le véhicule. Tu communiques par radio avec Némésis et lui demandes d'ordonner aux autres unités de suivre à la trace l'hélicoptère de l'Unité spéciale.

La poursuite continue. La nuit tombe. Tu allumes le projecteur de l'hélicoptère. La fourgonnette file sur les routes de campagne. Il est de plus en plus difficile de la suivre.

Si tu veux continuer la poursuite, va au numéro 10.

Si tu crois qu'il vaudrait mieux essayer d'immobiliser la fourgonnette, va au numéro 2.

15

En te relevant, tu aperçois un homme passer derrière une pile de boîtes, environ dix mètres sur ta gauche. De toute évidence, il ne t'a pas vu.

Tu t'aplatis au sol et commences à ramper vers lui. Alors que tu t'apprêtes à bondir et à lui tirer dessus, tu entends les pleurs d'une fille. Tu devines que la jeune fille se trouve elle aussi derrière les boîtes. Impossible de tirer, tu risquerais de l'atteindre. Tu te remets aussitôt à ramper. En un instant, te voilà derrière la pile de boîtes, ton arme pointée sur le ravisseur. Surpris, il lève les bras en l'air et s'écrie :

— Ne tirez pas! Je suis Puma!

Si tu penses qu'il vaut mieux tirer sur lui plutôt que discuter, va au numéro 13.

Si tu veux entendre ce qu'il a à dire, va au numéro 34.

16

Les phares de la fourgonnette vous aveuglent.

— Ne bougez pas! ordonnes-tu au pilote.

Au moment même où la fourgonnette semble vouloir s'écraser contre l'hélicoptère, elle fait une embardée. Un crissement terrible retentit. Le véhicule se renverse et fait plusieurs tonneaux. Sous ton regard horrifié, il va s'écraser contre un arbre qui borde la route et prend feu. D'un bond, tu descends de l'hélicoptère et t'approches de la fourgonnette. Il est trop tard : tous ses occupants ont péri. Tu as causé la mort de la petite-fille du président… et tu as fait échouer la mission qu'on t'avait confiée.

Si tu veux recommencer l'aventure, va au numéro 1.

17

Manos débloque le levier du frein et tu remontes à toute vitesse.

L'hélicoptère est maintenant tout près des lignes électriques. Le pilote redresse l'appareil et les évite de quelques centimètres à peine… mais il est trop tard pour toi. Suspendu à la corde, impuissant, tu es projeté contre les lignes électriques. Des éclairs zèbrent le ciel. La décharge électrique mortelle te fait pousser un cri d'agonie et met fin à ta mission.

Si tu veux recommencer l'aventure, va au numéro 1.

18

Tu t'adresses à Némésis.

— Qu'attendez-vous de moi au juste? C'est à la police de protéger la jeune fille, non?

— Le président a exigé que vous vous en chargiez personnellement. Il veut que vous assuriez la protection de sa petite-fille. Il vous tient en haute estime depuis l'opération Verdure. Entre-temps, une unité armée de la police a été envoyée à l'école afin d'assurer la sécurité de la jeune fille jusqu'à votre arrivée. Ramenez-la et nous veillerons sur elle, le temps de découvrir l'identité des malfaiteurs.

— Je vous accompagne, déclare Manos.

L'idée ne t'enchante guère.

— Est-ce vraiment nécessaire? demandes-tu.

— Oui et c'est même un ordre, réplique Némésis.

Si tu acceptes que Manos t'accompagne, va au numéro 39.

Si tu veux tenir tête à Némésis, va au numéro 49.

19

— Je vais descendre en rappel sur le toit de la fourgonnette. Occupe-toi du treuil, dis-tu à Manos.

Tu enfiles un harnais et y fixes la corde du treuil à l'aide d'un mousqueton. En ouvrant la porte de l'appareil, tu essuies une rafale de vent en plein visage. Tu demandes au pilote de placer l'hélicoptère directement au-dessus du toit de la fourgonnette. Tu ajustes tes lunettes de vision nocturne. Tu ouvres le placard contenant le matériel de l'Unité spéciale et y prends un dispositif de pistage magnétique. Quelle arme devrais-tu prendre avec toi?

Si tu choisis la mitrailleuse, portée en bandoulière, va au numéro 4.

Si tu préfères te munir d'un pistolet, va au numéro 28.

20

Tu ordonnes à Manos de te faire remonter à bord de l'hélicoptère.

Pendant l'ascension, tu guettes les lignes électriques. Elles sont de plus en plus proches. Le pilote donne un coup sec sur les commandes de l'appareil, qui frôle les lignes. L'hélicoptère est ballotté en tous sens. Tu cherches la fourgonnette des yeux, mais en vain. Vous l'avez perdue de vue. Le pilote a beau survoler la région, le véhicule est introuvable. Tu contactes Némésis par radio. Il est furieux.

— Je vais confier la mission aux autres unités. Rentrez à la base.

Tu as échoué. Si tu souhaites recommencer ta mission, va au numéro 1.

21

— Tu te fais du souci pour rien, lances-tu à Manos. Les malfaiteurs ne vont pas agir tout de suite. Prenons le VUS.

— Restez en contact avec nous durant le trajet et bonne chance, dit Némésis.

Tu quittes la pièce en compagnie de Manos. Vous vous dirigez vers la cour des véhicules de l'Unité spéciale. Le VUS est chargé d'armes et de matériel spécialisé.

— Monte, fais-tu à Manos, qui grimpe aussitôt à bord.

Tu programmes le système de navigation par satellite et te mets en route.

Quinze minutes plus tard, ton téléphone satellite sonne. C'est Némésis.

— On nous rapporte une attaque armée à l'école. Vous devez vous y rendre immédiatement!

Si tu choisis de conduire le plus vite possible jusqu'à l'école, va au numéro 3.

Si tu préfères rentrer à la base pour prendre l'hélicoptère, va au numéro 31.

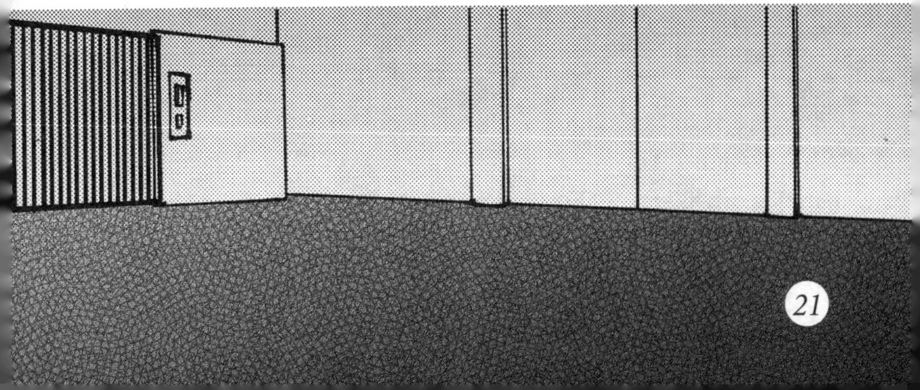

22

Tu prends Helena dans tes bras et retournes prudemment auprès de Manos, accompagné de Puma.

Tu demandes à Puma d'aider Manos à sortir du bâtiment et tu lances un appel radio au pilote de l'hélicoptère pour qu'il vienne vous chercher. Quelques secondes plus tard, tu aperçois plusieurs autres hélicoptères voler à basse altitude. Des cordes sont lancées depuis les appareils, permettant aux soldats d'en descendre pour ensuite s'élancer vers l'entrepôt. Tu souris, confiant que les survivants du gang seront vite maîtrisés. Puma et toi, vous hissez Helena, puis Manos, à bord de l'hélicoptère avant d'y grimper à votre tour.

— Rentrons à la base! lances-tu au pilote.

Va au numéro 50.

23

Tu ordonnes au pilote d'accélérer. Peu de temps après, l'hélicoptère survole l'école.

Tu communiques par radio avec Némésis et lui annonces qu'il y a des victimes parmi les policiers. Les malfaiteurs ont enlevé la petite-fille du président et ils s'apprêtent à fuir à bord de leur véhicule, garé derrière l'école. Tu saisis ta mitrailleuse et demandes au pilote de suivre les ravisseurs. Tu aperçois un groupe d'hommes se dirigeant vers une fourgonnette. Ils traînent une jeune fille de force avec eux. Des policiers les pourchassent, mais ils n'osent pas leur tirer dessus. Que devrais-tu faire?

Si tu décides de t'approcher des ravisseurs pour leur tirer dessus depuis l'hélicoptère, va au numéro 38.

Si tu choisis de faire atterrir l'hélicoptère près du véhicule des ravisseurs, va au numéro 33.

Si tu préfères laisser les malfaiteurs s'enfuir et les suivre en hélicoptère, va au numéro 14.

POLICE

24

Tu t'empares du couteau accroché à ta ceinture et t'en sers pour couper la corde qui te retient à l'hélicoptère.

Tu atterris sur le toit de la fourgonnette dans un bruit sourd. Tu manques de tomber quand le véhicule accélère, mais tu réussis à garder l'équilibre et à fixer le dispositif de pistage au toit. Une fois ta tâche accomplie, tu te redresses et sautes du véhicule en mouvement. Tu tombes sur la route et roules sur toi-même de nombreuses fois.

Va au numéro 27.

25

Dans l'intérêt de la mission, tu serres la main de Manos.

— Je suis désolé de ce qui est arrivé durant l'opération Verdure, dit Manos. Je ne commettrai pas d'erreur cette fois, je vous en donne ma parole.

Tu te méfies de Manos, mais tu acceptes quand même ses excuses.

— Très bien. Alors, en quoi consiste la mission? demandes-tu.

Manos te tend un dossier qui contient la photo d'une jeune fille. Manos te communique tous les renseignements qu'il détient.

— Voici Helena Lokos, la petite-fille du président. Depuis un an, elle étudie dans le plus grand secret au pensionnat Bearham Park, ici même en Grande-Bretagne. Personne ne connaît sa véritable identité. Le président a manifesté le désir de la voir durant sa visite en Grande-Bretagne. Mais il y a eu des fuites. La véritable identité d'Helena et son lieu de résidence sont maintenant connus. J'ai appris que les barons de la drogue ont l'intention de l'enlever. Ils vont ensuite menacer de la tuer si le président ne relâche pas tous les membres du gang arrêtés lors de l'opération Verdure.

Tu dois en savoir plus au sujet de la mission. À qui devrais-tu poser tes questions?

Si tu veux les poser directement à Némésis, va au numéro 18.

Si tu préfères les poser à Manos, va au numéro 6.

26

Tu tentes d'attraper la mitrailleuse que tu portes en bandoulière, mais comme tu es pendu à une corde qui se balance, tu n'y arrives pas. Tu perds du temps! Tes lunettes de vision nocturne te permettent d'apercevoir du mouvement dans la fourgonnette. Un homme te tire dessus! Les balles pénètrent ta chair. Peu après, ton corps sans vie pend, accroché à la corde.

Ta mission est un échec total. Si tu désires la reprendre, va au numéro 1.

27

La fourgonnette s'éloigne dans la nuit. Tu te relèves et balaies la poussière de tes vêtements avant de lancer un appel radio au pilote de l'hélicoptère :

— Venez me chercher.

Quelques minutes plus tard, l'hélicoptère se pose près de toi et tu montes à son bord.

— Bien joué! s'exclame Manos.

Tu allumes le système de dépistage et pousses un soupir de soulagement : le dispositif fonctionne. Que veux-tu faire à présent?

Si tu veux retourner à la base et laisser les autres unités prendre le relais de la mission, va au numéro 45.

Si tu décides de suivre la fourgonnette, va au numéro 11.

28

Tu t'empares du pistolet et te places au bord de la porte.

— Descente de dix mètres… maintenant! lances-tu à Manos.

Ton compagnon relâche le frein du treuil et tu te jettes en arrière. Tu fais une chute de dix mètres, puis la corde se tend. Tu pends maintenant au-dessus du toit de la fourgonnette qui roule à vive allure. En regardant au loin, tu remarques des pylônes électriques. Des lignes électriques traversent la route. Si tu ne fais rien, tu les heurteras de plein fouet dans moins de trente secondes. Tu dois agir sur-le-champ!

Si tu veux essayer de fixer le dispositif de pistage magnétique au toit de la fourgonnette, va au numéro 36.

Si tu veux que Manos te fasse remonter immédiatement à bord de l'hélicoptère, va au numéro 20.

Si tu préfères rester suspendu en l'air pour tirer sur la fourgonnette, va au numéro 7.

29

— Montre-moi ta blessure, dis-tu à Manos.

Au moment où tu te penches vers lui, il brandit son arme vers toi. Le regard horrifié, tu te prépares à essuyer ses tirs. Manos appuie sur la gâchette et une volée de balles jaillit, frôlant ton épaule. Un cri fuse derrière toi. Tu te retournes juste à temps pour voir un des ravisseurs s'écrouler. Tu comprends que Manos vient de te sauver la vie.

— Merci, lui dis-tu.

— Vous voyez bien que vous pouvez avoir confiance en moi, réplique Manos. À présent, allez chercher la fille!

Va au numéro 15.

30

— Fais-moi descendre de cinq mètres! cries-tu dans ton casque radio.

Manos obéit. Peu après, tu atterris sur le toit de la fourgonnette dans un bruit sourd. Au même moment, le véhicule accélère. Tu parviens à fixer le dispositif de pistage au toit. Les lignes électriques sont tout près maintenant. Comment descendras-tu?

Si tu choisis de couper la corde qui te retient, va au numéro 40.

Si tu préfères demander à Manos de te faire remonter à bord de l'hélicoptère, va au numéro 17.

31

Tu donnes un brusque coup de volant et fais faire un demi-tour à la voiture. Tu appuies à fond sur l'accélérateur et files à toute allure sur les routes de campagne.

Les pneus du VUS crissent dans les virages et le véhicule manque d'emboutir les voitures venant en sens inverse. Tu communiques par radio avec la base et leur ordonnes de préparer l'hélicoptère pour un décollage immédiat. Grâce à tes talents de conducteur, tu rentres à la base en un temps record. Tu immobilises le véhicule en effectuant un dérapage, en sors d'un bond et te précipites vers l'hélicoptère de l'Unité spéciale, Manos à ta suite.

Va au numéro 46.

32

Tu vises bien, puis tu lâches le dispositif de pistage. Au même moment, la fourgonnette accélère. Le dispositif touche le toit du véhicule, puis tombe par terre. Tu laisses échapper un juron. Tu n'as pas le temps de faire une deuxième tentative.

Va au numéro 20.

33

Tu ordonnes au pilote de poser l'hélicoptère tout près du véhicule des ravisseurs.

Le gang profite de la manœuvre pour ouvrir le feu sur vous. À basse vitesse, l'appareil est une cible facile! Tu ripostes de ton mieux tout en criant au pilote de décoller.

Il est trop tard. Une rafale de balles s'abat sur l'hélicoptère. Tu sens une douleur intense te déchirer la poitrine et tu t'effondres. Ta négligence t'a coûté la vie.

Si tu veux recommencer la mission, va au numéro 1.

34

— Es-tu le contact de Manos? lui demandes-tu.

— Oui, répond-il en se déplaçant de côté pour te laisser voir la petite-fille du président. Je l'ai éloignée du gang quand vous avez lancé l'attaque contre l'entrepôt. Il faut la mettre à l'abri des malfaiteurs qui restent. Ils vont sûrement vouloir la tuer en guise de représailles.

Tu approuves d'un hochement de tête et tends la main à la jeune fille.

— Viens, Helena, dis-tu. Tu seras en sécurité avec moi.

Toute tremblante, la petite-fille du président prend ta main et te suit.

Va au numéro 22.

35

— Désolé, mais je ne veux pas retravailler avec Manos, dis-tu. Je n'ai pas confiance en lui.

Némésis n'est pas impressionné.

— Je peux vous obliger à accepter cette mission. Un refus serait lourd de conséquences… Alors?

Que vas-tu faire?

Si tu acceptes de retravailler avec Manos, va au numéro 12.

Si tu refuses de refaire équipe avec lui, va au numéro 49.

36

— Tu sors le dispositif de pistage magnétique de ta poche et l'enclenches.

Comme il est doté d'un aimant, il restera collé au toit du véhicule une fois en place. Tu es maintenant à cinq mètres au-dessus de la fourgonnette. Les lignes électriques sont de plus en plus près. Comment feras-tu pour fixer le dispositif au toit du véhicule?

Si tu veux le laisser tomber en espérant qu'il reste en place, va au numéro 32.

Si tu préfères demander à Manos de te faire descendre sur le toit pour l'y fixer, va au numéro 30.

Si tu veux plutôt couper la corde qui te retient et te laisser tomber sur le toit, va au numéro 24.

37

Tu dis au pilote de survoler les lieux. Pendant ce temps, tu inspectes l'entrepôt à l'aide du détecteur infrarouge thermique. Cet équipement de pointe te permet de repérer les malfaiteurs. Ils sont au rez-de-chaussée, près de l'entrée du bâtiment.

Tu distingues six personnes. Devinant que l'une d'elles est la petite-fille du président, tu en conclus que le gang est formé de cinq personnes. La chance semble être de ton côté. De quelle façon devrais-tu t'y prendre pour attaquer l'entrepôt?

Si tu veux attaquer le bâtiment par l'avant, va au numéro 33.

Si tu veux l'attaquer par l'arrière, va au numéro 48.

25°C
34°C
22°C
090313 05:06:08
e=0.95

38

Tu t'installes pour tirer, mais Manos saisit ton arme.

— Ne tirez pas! Vous risquez de toucher la fille!

Tu interromps ton geste. Manos aurait-il raison? Devrais-tu envisager une autre option?

Si tu préfères ignorer le conseil de Manos, va au numéro 47.

Si tu veux poser l'hélicoptère près du véhicule des malfaiteurs, va au numéro 33.

Si tu choisis plutôt de laisser les malfaiteurs s'enfuir pour les poursuivre en hélicoptère, va au numéro 14.

39

— Très bien, réponds-tu. À quelle distance se trouve l'école?

— À deux heures de route, répond Némésis. Vous pourriez utiliser un VUS de l'Unité spéciale.

— Deux heures, c'est long, fait remarquer Manos. Nous risquons d'arriver trop tard.

Si tu partages l'avis de Manos, va au numéro 9.

Si tu n'es pas de son avis, va au numéro 21.

40

Tu t'empares du couteau accroché à ta ceinture et tu t'en sers pour couper la corde qui te retient à l'hélicoptère. L'appareil s'éloigne.

Une fois ta tâche accomplie, tu te redresses et sautes du véhicule en mouvement. Tu tombes sur la route et roules sur toi-même de nombreuses fois.

Va au numéro 27.

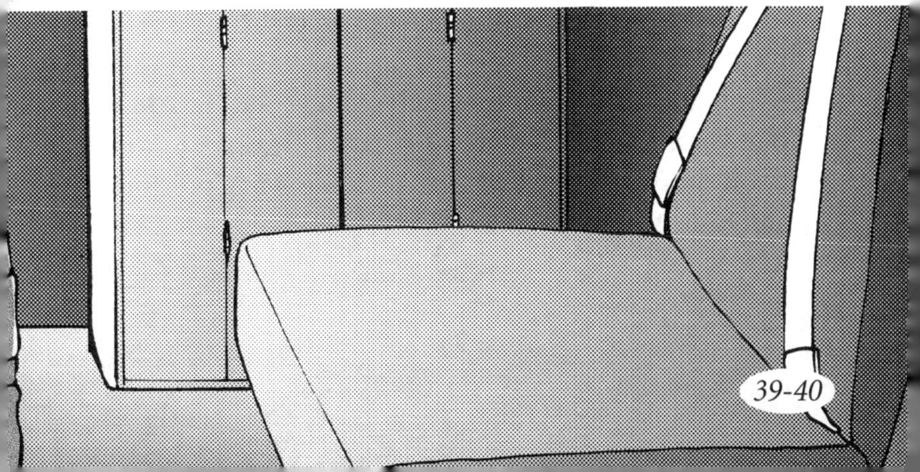

41

Tu ouvres la porte de l'hélicoptère.

Tu attrapes ton arme, vises les pneus de la fourgonnette et tires. Sous l'impact, ton arme recule et une rafale de balles zèbre le ciel. Le conducteur fait une embardée pour éviter l'attaque. Tu continues à tirer sur le véhicule. Soudain, les pneus de la fourgonnette éclatent. Le véhicule zigzague sur la route, se met à tournoyer dangereusement et, sous ton regard horrifié, va s'écraser contre un arbre. Une explosion retentit et, peu après, la fourgonnette disparaît dans les flammes.

— Malheur! s'écrie Manos. Vous avez tué la petite-fille du président!

Tu as échoué. Si tu veux recommencer ta mission, va au numéro 1.

42

Tu lances une grenade assourdissante. Un vacarme retentit et l'air s'emplit de fumée. Tu avances prudemment dans l'entrepôt à la recherche de la jeune fille.

Soudain, des coups de feu éclatent sur ta droite. Manos est touché. Tu fais volte-face et tires à ton tour. L'homme qui a atteint Manos s'écroule. Tu te précipites auprès de Manos.

— Je vais bien, déclare-t-il. Seule ma jambe est touchée. Continuez sans moi.

Si tu veux t'occuper de la blessure de Manos, va au numéro 29.

Si tu préfères continuer à chercher la fille, va au numéro 15.

43

Tu lances à Manos :

— Tes mauvais renseignements ont failli coûter la vie à mon équipe.

— Je suis désolé. Ne le prenez pas ainsi, réplique Manos. Je vous assure que j'agissais de bonne foi. Me pardonnerez-vous mon erreur?

Tu ne réponds pas.

— Nous avons besoin de son aide, intervient Némésis. Je vous ordonne d'accepter ses excuses.

Si tu décides d'obéir à Némésis, va au numéro 25.

Si tu refuses, va au numéro 49.

44

Tu demandes au pilote de dépasser la fourgonnette. Le pilote accélère et, peu après, la fourgonnette est derrière vous.

Lorsque vous êtes à quatre cents mètres devant le véhicule des ravisseurs, tu ordonnes au pilote de positionner l'hélicoptère en surplace au-dessus de la route, face à eux. Il obéit. Bientôt, les phares de la fourgonnette déchirent l'obscurité. Le véhicule ne ralentit pas : il fonce droit sur vous!

Si tu veux tirer sur la fourgonnette, va au numéro 41.

Si tu veux ordonner au pilote de l'hélicoptère de remonter, va au numéro 5.

Si tu préfères ne pas bouger, va au numéro 16.

45

Tu rentres à la base de l'Unité spéciale et te diriges aussitôt au centre des opérations. Némésis est très surpris de te voir.

— Où est la fille? demande-t-il.

Tu lui racontes ce qui s'est passé. Il entre dans une grande colère.

— Je vous ai confié une mission code noir. Vous ne deviez pas revenir sans la fille!

Tu tentes en vain de t'expliquer, mais il ne t'écoute pas.

— Vous êtes rentré sans elle! rugit-il. Je vous ordonne de la retrouver.

Va au numéro 49.

46

Tu grimpes à bord de l'hélicoptère, ajustes ton dispositif de communication et ordonnes au pilote de voler vers l'école à la vitesse maximale.

Pendant que l'appareil survole la cime des arbres, tu communiques avec Némésis par radio pour obtenir les dernières nouvelles. Il t'annonce qu'entre-temps, le gang a capturé la jeune fille et qu'il livre actuellement un combat armé avec la police. D'autres groupes militaires ont été détachés vers l'école, mais ils n'arriveront pas sur place avant vous.

Si tu décides d'attendre l'arrivée des renforts militaires, va au numéro 8.

Si tu choisis de te rendre à l'école le plus vite possible, va au numéro 23.

47

Tu ignores le conseil de Manos et appuies sur la gâchette. Une rafale de tirs s'abat sur le gang de malfaiteurs. Ils ripostent aussitôt. Le combat se poursuit. Tout à coup, tu vois la jeune fille s'effondrer. Tu l'as touchée par mégarde!

— Malheur! s'écrie Manos. Qu'avez-vous fait?

Le gang continue de tirer sur l'hélicoptère. Un tir frappe les pales et précipite l'appareil dans une chute mortelle.

Ta mission est un échec total. Si tu souhaites la recommencer, va au numéro 1.

48

Tu demandes au pilote de poser l'hélicoptère à une certaine distance de l'entrepôt. Pendant qu'il s'exécute, Manos et toi, vous revêtez casques et masques à gaz et vous vous munissez de vos armes.

Une fois le moteur de l'hélicoptère coupé, tu demandes au pilote de se tenir prêt : à ton signal, il devra attaquer l'entrepôt de front. Manos et toi sautez de l'hélicoptère et vous dirigez derrière le bâtiment. Il y a une porte, mais elle est verrouillée. Tu places un explosif dessus, puis d'un appel radio, tu ordonnes au pilote de l'hélicoptère d'attaquer le devant de l'entrepôt. Tu entends l'appareil approcher. Dès que le pilote ouvre le feu sur le bâtiment, tu appuies sur le détonateur. La porte explose et Manos et toi vous engouffrez à l'intérieur.

Si tu veux lancer une grenade assourdissante, va au numéro 42.

Si tu préfères commencer à tirer, va au numéro 13.

49

— Non, dis-tu, la mine sombre.

— Dans ce cas, sortez! crie Némésis. Vous savez que tout membre de l'Unité spéciale est tenu d'obéir aux ordres. Vous venez de mettre fin à votre carrière!

Tu quittes les lieux. Tu ne fais plus partie de l'Unité spéciale.

Si tu souhaites recommencer l'aventure, va au numéro 1.

50

Quelques jours plus tard, tu es convoqué au centre des opérations de l'Unité spéciale. Némésis t'accueille dans son bureau.

— De quelle mission s'agit-il cette fois? demandes-tu.

— Aucune pour le moment. Cependant, quelqu'un aimerait vous voir.

La porte s'ouvre et Manos entre dans la pièce en boitillant. Tu désignes sa jambe.

— Ce n'est rien, juste une égratignure, dit-il en souriant. Le président de mon pays désire vous remercier pour votre excellent travail.

— Je n'ai fait que mon devoir, réponds-tu. Tant qu'il y aura des gens mal intentionnés dans ce monde, l'Unité spéciale sera là pour s'occuper d'eux.

Il hoche la tête et ajoute :

— Puma et moi, nous serons affectés à d'autres services de renseignements, mais j'espère que nos chemins se croiseront de nouveau.

— Je l'espère aussi, dis-tu en lui tendant la main.

Vous échangez une vigoureuse poignée de main.

— Merci encore. Vous êtes un véritable héros!

ARTISTE AU TRAVAIL!

Salut! Je m'appelle Sonia et je signe les illustrations des livres de la collection « C'est moi le héros ». J'œuvre surtout comme artiste manga, mais j'anime aussi des ateliers de dessin.

Le travail pour cette collection se divise en trois étapes. Je fais d'abord une esquisse de la scène au crayon. Ensuite, j'apporte les changements demandés et je repasse mon dessin à l'encre. Enfin, j'ajoute des couches de texture pour créer les fonds et les ombres.

L'apparence des personnages peut avoir une grande importance. À l'étape de l'esquisse, j'avais dessiné Manos avec une queue de cheval, mais les auteurs n'aimaient pas cela. J'ai donc modifié sa coiffure et lui ai ajouté une barbiche. Métamorphose immédiate!

Pour la scène de l'attaque de l'entrepôt à la section 48, j'avais d'abord tracé le bâtiment sous cet angle. Tu remarqueras que pour l'illustration finale, j'ai changé l'angle afin de montrer à la fois Manos et la grande explosion.